Edición original publicada en 1998 con el título:
Lulie the Iceberg
por Kodansha Ltd., Tokio
Texto de Su Alteza Imperial la Princesa Hisako de Takamado
Ilustraciones de Warabé Aska
Copyright © 1998 Icebridge Forum
All rights reserved
Edición castellana publicada por:
Editorial Zendrera Zariquiey, Barcelona, 1999
Cardenal Vives i Tutó, 59 - 08034 Barcelona Tel.: (93) 280 12 34
Traducción: Pilar Garriga
Primera edición: diciembre 1999
ISBN: 84-8418-039-5
Depósito Legal: B.46.682-99
Producción: Addenda, s.c.c.l., Pau Claris 92, 08010 Barcelona
Impresión: La Estampa, c/ Bécquer s/n, nave 13
08930 St. Adrià del Besós. Barcelona

Su Alteza Imperial la Princesa Hisako de Takamado

Luli, el iceberg

Ilustrado por Warabé Aska

editorial
Zendrera Zariquiey

Hace muchos, muchos años, antes de convertirse en iceberg, Luli vivía con sus hermanos y hermanas cerca del Polo Norte. Juntos formaban los glaciares de Groenlandia.

Luli tenía muchos amigos. Algunos de ellos, como el oso polar, vivían en el Ártico, pero otros viajaban a tierras lejanas y volvían con apasionantes historias. Las ballenas jorobadas cantaban canciones sobre islas y mares soleados. La collalba del norte trinaba y gorjeaba acerca de desiertos secos y dorados. Y los Vientos traían noticias de selvas tropicales, llenas de animales exóticos, de flores radiantes, de mariposas y pájaros preciosos.

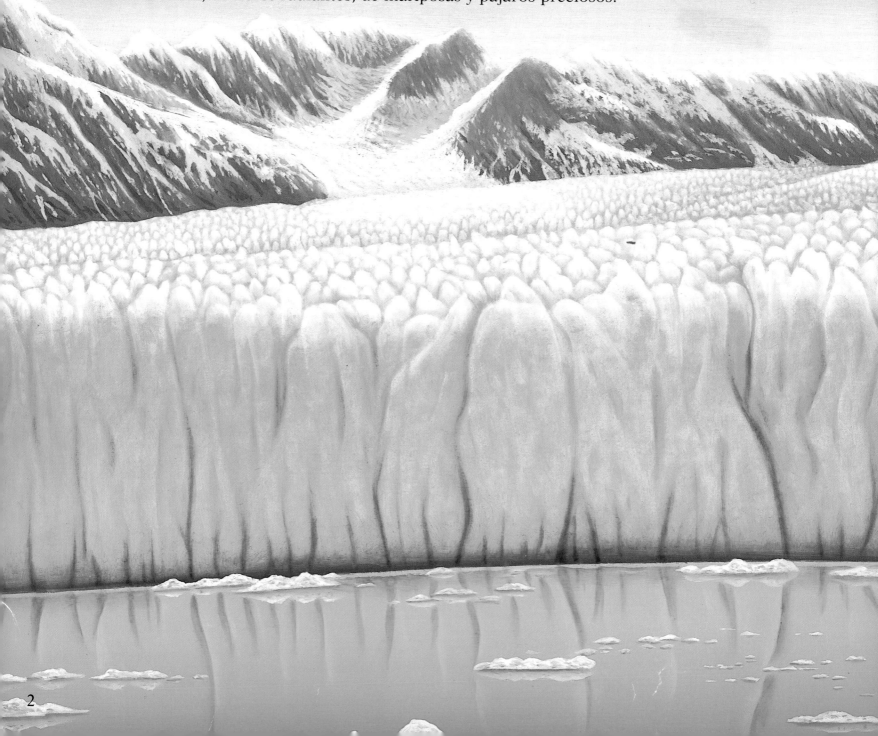

Pero, por encima de todo, a Luli le gustaba escuchar a Kiki, el charrán ártico, cuando contaba cosas sobre el Hielo del otro lado de las zonas cálidas y sobre los Ancianos que vivían en él.

—¡Son tan viejos...! —le contaba Kiki en voz baja—. ¡Y tan sabios...! Los Vientos dicen que los Ancianos saben todo lo que ha pasado desde el inicio de los tiempos.

Luli se estremecía de emoción.

—Un día iré a ver el Hielo del otro lado del mundo y conoceré a los Ancianos —decía.

El tiempo pasaba y Luli se movía poco a poco desde el centro del glaciar hacia el mar. Pronto sería un iceberg. Las historias de Kiki continuaban fascinando a Luli, sobre todo cuando hablaba de unos seres tan curiosos como los pingüinos.

—Son pájaros negros y blancos que nadan como peces y andan sobre el hielo —le explicaba Kiki.

Luli tenía muchas ganas de conocerlos.

—¿Crees que jugarán encima de mí? —le preguntaba ansioso.

En setiembre, poco después de que Kiki partiera hacia el sur, Luli empezó a notar que se movía el hielo de su alrededor.

Y un buen día, con ruidos agudos y un estruendo ensordecedor, Luli se separó del glaciar lentamente. Primero se lo tragó el mar, y luego subió de sus profundidades, con rapidez, hasta que irrumpió en la superficie. Siguieron muchas burbujas de aire que surgían y explotaban.

¡Y ahí estaba Luli, el nuevo iceberg!

Sus amigos se acercaron a él.

—No te vayas —decía el oso polar—. ¡Cuando llegues a las zonas cálidas, te derretirás!

Pero Luli estaba decidido a ir.

—¡Buena suerte! —le gritó la ballena de Groenlandia y, como sabía que Luli no podría iniciar solo su viaje hacia el sur, le dio un empujón. Los narvales alzaron sus colmillos y los cruzaron y las belugas le entonaron un adiós.

6

Al pasar Luli, todos sus amigos le vitorearon. Las ballenas jorobadas le dijeron a voces:
—Pronto nos dirigiremos también hacia el sur. ¡Buena suerte!

Así fue como Luli empezó su viaje, triste por dejar a sus amigos, pero emocionado por estar ya de camino. Luli iba a la deriva corriente abajo, pasando por Canadá hacia los Estados Unidos.

Los frailecillos volaban saludándole.

—Debes meterte en la corriente adecuada, cruzar hacia el otro lado del Atlántico y después ir hacia el sur —le informaban—. Si sigues bajando por la costa, la corriente del Golfo te empujará hacia atrás.

«Dejándome arrastrar por la corriente tardaré mucho tiempo. Me pregunto si podría ir más deprisa», pensó Luli.

Justo entonces apareció un grupo de delfines saltando ante él.

—¡Hola! —le dijeron—. ¿Podemos ayudarte?

Luli les explicó lo que pensaba y los delfines intentaron empujarle, pero no lo consiguieron. ¡Los pobres delfines terminaron con sus hocicos helados!

Entonces cogieron una cuerda de unos chicos que pescaban en un bote, la ataron alrededor de Luli y empezaron a arrastrarlo.

—¡Así está mejor! —decían los delfines.

Los frailecillos, con sus caras de payaso, estaban encantados. Se posaron sobre Luli y éste les dio un paseo antes de que regresaran volando a la costa.

Los delfines siguieron con su charla amable y hacían
turnos para tirar de la cuerda; pero al acercarse a las
costas de España y Portugal, les llegó el momento
de irse. Luli les dio las gracias y dejó que los
delfines comieran de la gran cantidad de peces
que tenía a su alrededor.

Luli siguió a la deriva pasando por
Marruecos. Unos pájaros blancos y
negros, muy grandes, volaron hasta él
para verle. Luli estaba fascinado.

—¿Sois pingüinos? —preguntó.

—Oh, no —contestaron los
pájaros—, somos cigüeñas.
Oímos hablar de ti a la
collalba del norte y
teníamos ganas de
conocerte. ¡Eres tan
bonito y azul...! ¡Pero
ten cuidado, cuanto
más al sur estés, más
calor hará!

Era verdad.
Cuanto más bajaba
Luli por la costa
africana, más se iba
derritiendo día a día.
Luli lloraba y sus
lágrimas se esparcían por el mar.

Los Vientos sintieron pena por él.

—Te llevaremos al otro lado del Atlántico —dijeron—, cruzando el ecuador.

Así, soplaron durante muchos días. Las olas azotaban a Luli y rompían contra él.

¡Todo era tan emocionante...! Pero un día, cuando pasaba cerca de la costa brasileña, descubrió un barco que estaba siendo sacudido por las olas. ¡Y vio a una niña que caía por la borda!

—¡Parad, parad! —gritó Luli a los Vientos.— ¡Tenéis que parar!

Tras una pausa, los Vientos le hablaron con suavidad:

—¿Que paremos, dices? Te estamos empujando para que realices tu sueño de miles de años. Aún eres joven, Luli. Nosotros somos viejos y hemos visto mucho más que tú. Tu sueño era ver más para entender mejor las cosas. Si dejamos de soplar, no podrás moverte y te derretirás en poco tiempo. ¿Abandonarás tu sueño para salvar a la niña? Tú decides.

Luli lloró por dentro.

—Siento ser una molestia —dijo—,
pero parad, por favor.

Los Vientos dejaron de soplar y las olas volvieron a la calma. El barco se alejó en busca de la niña. Sumido en sus propios pensamientos, Luli fue arrastrado por la corriente. ¿Por qué se sentía tan solo?

No sabía cuánto tiempo había pasado cuando, para su sorpresa, vio a la niña trepando por sus paredes heladas. Estaba muy cansada y se sentó acurrucándose contra él.

—Hola, soy Luli —le dijo—. ¿Estás bien?

—Sí, gracias —contestó la niña—. Me llamo Marina. Estaba muy asustada, pero la tortuga me ayudó.

Luli miró y vio una gran tortuga laúd flotando detrás de él.

—Marina necesitaba agua fresca, así que la llevé hasta ti —explicó la tortuga.

Luli observó a Marina mientras bebía y se estremeció por dentro.

—Su padre es un científico que estudia las tortugas marinas. La tormenta le cogió por sorpresa —continuó la tortuga—. Pero, y tú... ¿Qué estás haciendo aquí?

Luli se lo explicó todo.

—¡Caramba! —exclamó la tortuga.— ¡Eres muy valiente!

15

El sol se estaba poniendo y sus débiles rayos ya no abrasaban. Era un gran alivio para Luli, pero estaba preocupado. Sin sol, Marina se enfriaría, sentada sobre él.

A lo lejos, Luli contempló un gran espectáculo: una bandada de grandes pájaros con aterciopelados plumajes rojos pasando sobre una puesta de sol como telón de fondo.

—¡Qué maravilla! —exclamó Luli.

—Son ibis rojos —dijo la voz de un hombre. Era el padre de Marina.

Marina soltó un chillido de felicidad. Bajó con cuidado hasta su padre y saltó a sus brazos.

—Muchas gracias por cuidar de Marina —dijo el hombre a Luli.

La vieja tortuga laúd miraba desde la distancia y, satisfecha, se alejó nadando en silencio.

El tiempo de las despedidas había llegado. Marina se volvió hacia Luli.

—Gracias —dijo.

Cuando Luli vio su radiante sonrisa, deseó por una fracción de segundo que Marina se hubiese quedado sobre él un poquito más.

Por la noche, la luna y las estrellas le susurraron dulces palabras de ánimo.
Luli les sonrió. Pensar que quizá no llegaría al Hielo del
otro lado le puso triste. Pero de algún modo,
Marina le había dejado una sensación de
ternura y cariño. Y se sintió unido
al mar y al cielo.

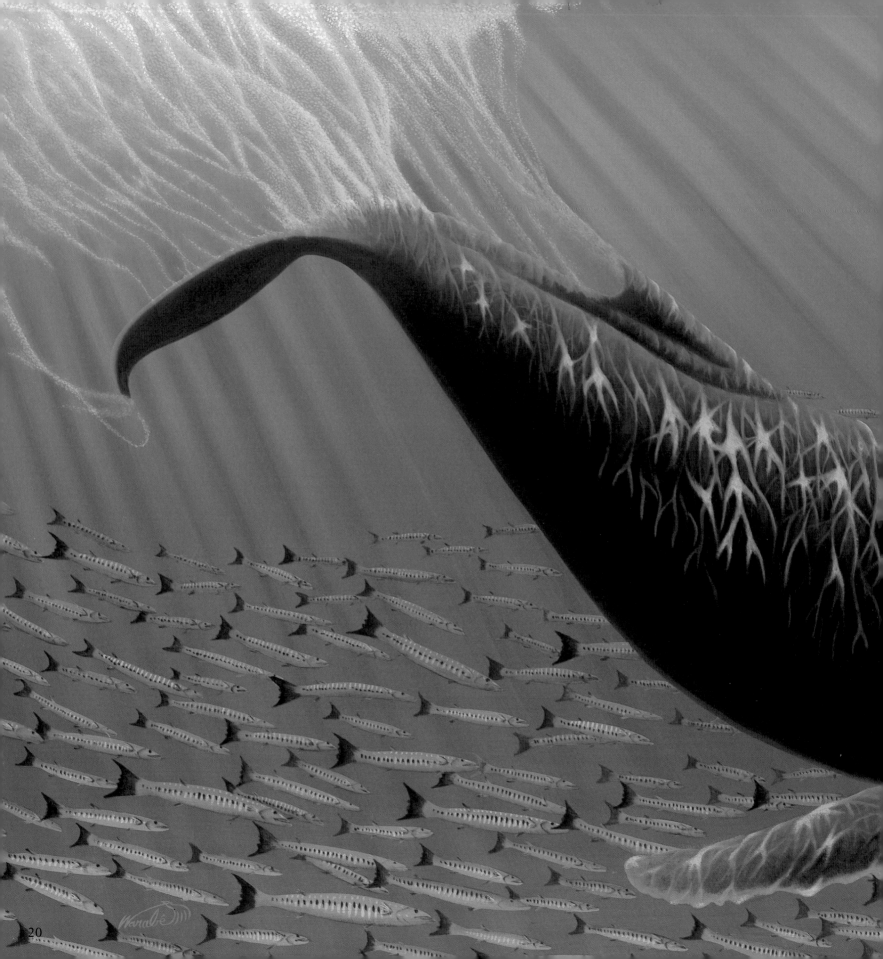

Pasaron muchos días. Una tarde, Luli oyó que una voz familiar le decía «¡Hola!».
Al volverse, se encontró con las ballenas jorobadas.
—La vieja tortuga laúd nos dijo que necesitabas nuestra ayuda. Te daremos un empujón
hasta más allá del ecuador y pediremos a las barracudas que nos ayuden. Una vez allí,
tendrás que moverte deprisa porque estarás en una corriente cálida.
Vamos, no hay tiempo que perder.
Luli también nadó. Las ballenas le empujaron
con gran rapidez y le dieron un empujón
final. Las barracudas acudieron
a ayudarle en gran número.
—¡Gracias! —gritó Luli al ponerse
en camino.
Los Vientos empezaron a soplarle
por la espalda.
—Nuestros hermanos, los Vientos
del norte, nos hablaron de tu buena
acción al pensar en los demás antes
que en ti —le susurraron
con amabilidad.

21

Luli era muy feliz.

«¡Son todos tan amables...!», pensó. Ahora sabía que ya nunca volvería a sentirse solo. Cuanto más se derretía, más azul se volvía. Las mariposas, que ven muy bien los colores, acudieron a verle maravilladas por su precioso azul. Aletearon a su alrededor para recordar su figura y poder contárselo a sus amigas.

Los pájaros también volaron hacia él para darle la bienvenida.

—¡Tu azul es casi como el mío! —le dijo el guacamayo azul y amarillo. Los tucanes toco movieron la cabeza para indicar que estaban de acuerdo.

La selva tropical estaba llena de ruidos nuevos y apasionantes y el viento le traía la dulce fragancia de flores desconocidas.

—¡Hola-a-a! —cantaron las ballenas jorobadas del sur al acercarse a saludarle.—
¡Bienvenido! Nuestras hermanas nos enviaron el mensaje de que estabas en camino.

Desde lejos vino un pájaro blanquecino. Dio un salto sobre la cabeza de Luli y se puso encima de él. ¡Era Kiki! Hacía casi cuatro meses que no lo veía. Luli tuvo una pequeña sorpresa porque nunca lo había visto antes con el plumaje de invierno.

—¡Lo has conseguido, lo has conseguido! ¡Sabía que lo lograrías! ¡Estarás en la Antártida muy pronto! —dijo Kiki triunfante.— Estoy orgulloso de ti. ¡Menudo iceberg!

Luli sonreía. Los cristales de hielo de su interior brillaban con un azul espléndido.

Luli se iba emocionando a medida que bajaban por las costas de Uruguay y Argentina. Se preguntaba lo espectaculares que serían las cataratas del Iguazú y pensó en los cóndores que anidan en lo alto de las cumbres de los Andes. Y otra vez se estremeció por dentro.

¡Y... ahí estaba! El débil pero inconfundible olor de hielo en el aire. Aunque era verano, hacía frío. De pronto, ante él, aparecieron témpanos de hielo y, a lo lejos, icebergs. Al acercarse, oyó que le gritaban:

—¡Bienvenido! ¡Bienvenido a la Antártida!

Los Vientos y las ballenas seguían empujándole más y más. Por fin, delante de él, surgió de las aguas el continente antártico con su impresionante y majestuoso esplendor.

—¡Qué hermoso! —suspiró Luli. Dentro de él, las burbujas estallaban de emoción.

Fue entonces cuando un desconocido grupo de seres blancos y negros se precipitó al mar y nadaron directos hacia Luli. Al llegar, salieron rápidos del agua, uno tras otro, y empezaron a caminar sobre Luli.

Luli respiró profundamente.

—¿Sois... sois pingüinos? —preguntó con timidez.

—Sí, sí —contestaron—, pingüinos emperador. ¡Bienvenido a la Antártida!

Luego subieron más pingüinos. Luli temblaba de satisfacción y rebosaba de alegría.

Luli se acostumbró muy pronto a la vida en la Antártida.
Adoraba todas y cada una de las focas y los pingüinos que
se movían con lentitud sobre su espalda. El albatros
viajero planeaba por encima de él y un precioso
petrel antártico pasaba por delante. Todos querían
preguntarle sobre la vida en el Polo Norte.

—Háblanos de tus amigos del Ártico
—decían.

Kiki venía a jugar todos los días. Estaba orgulloso de su amigo. Luli parecía mucho más sabio ahora, mientras le contaba su viaje.
—Sé que hubo momentos difíciles —decía Luli—, pero sólo recuerdo la alegría de descubrir la amistad y la impresionante belleza del planeta donde vivimos.

Fue entonces cuando Luli oyó las voces:

—Bienvenido —decían—, bienvenido...

—¡Son los Ancianos...! —se emocionó Luli.

Las voces vibraban en su interior.

—En tu viaje, has oído y sentido. Has visto. Has aprendido. Ahora que puedes oír nuestra voz, escucha y comprende. Nosotros, los Ancianos, hemos vivido aquí desde el inicio de los tiempos. Siempre hemos estado cerca de ti, porque vivimos en la tierra, en el aire, en los mares y en las aguas heladas. Somos los Guardianes del Conocimiento y de la Sabiduría de la Tierra. Y un día, Luli, te convertirás en uno de nosotros.

—¡Yo...! ¡Uno de los Ancianos...! —exclamó Luli.

Todos sus cristales, cada uno
de ellos convertido ahora en una
pequeña cápsula de historia,
relucían y resplandecían de un
intenso azul brillante.

33

Los días pasaron deprisa. Pronto llegó febrero. Kiki, el charrán ártico, preparó su viaje hacia el norte. Se sentía muy importante. Él era el mensajero, el recadero oficial del mensaje que Luli, el iceberg, enviaba a sus amigos del norte.

Si ves a Kiki, pregúntale y compartirá el mensaje de Luli contigo. Pero tienes que prometer que escucharás con mucha, mucha atención.

GLOSARIO

Nota al lector: Este glosario te servirá para entender el mundo de Luli, de la tierra a los mares, el cielo y más allá. No podemos mencionar a todos sus amigos (¡hay tantos!), pero anímate a aprender más sobre ellos visitando la biblioteca o el acuario de tu localidad. No dejes de buscar a los amigos de Luli escondidos en algunos de los dibujos. (Al final del libro hay una lista de todos sus amigos.)

LA TIERRA Y EL MAR

Antes de que hablemos de los amigos de Luli, daremos alguna explicación sobre el planeta Tierra, sobre los vientos y corrientes que dictaron el rumbo del viaje de Luli, sobre las dos regiones polares y, desde luego, sobre el hielo. De entrada puede parecerte difícil, pero te fascinará descubrir tantas cosas. Esto es sólo el principio de tu propio viaje para aprender más sobre nuestro maravilloso mundo y sobre sus muchos misterios. La **Tierra** es como una pelota con una corteza rocosa por fuera. Esta pelota está rodeada por una gran «burbuja» de cientos de quilómetros de espesor. A esta burbuja se le llama **atmósfera**. Sin atmósfera no podría existir ninguna clase de vida en la Tierra, ni nubes ni lluvia.

En la atmósfera el aire se halla siempre en movimiento, e influye en el clima y en la temperatura del mundo. El aire se desplaza de las regiones calientes a las frías; este movimiento del aire se conoce como **viento**, el cual transporta el calor sobrante de los trópicos a las zonas polares, actuando como un sistema de aire acondicionado de la Tierra.

Es interesante la dirección del movimiento del aire y del agua. Mientras la Tierra gira lentamente alrededor de su eje, arrastra con ella las capas más bajas de la atmósfera. La velocidad y dirección de los vientos cambia en las distintas áreas de la Tierra y las **corrientes oceánicas** siguen la pauta de los vientos.

En ambas **regiones polares** puedes ver la **aurora** (que se muestra en las cubiertas interiores del libro). La luz del sol y la luna se refleja en los cristales de hielo de la baja atmósfera, produciendo extraños y bellos efectos en los cielos polares. Llenos de colorido, o de color amarillo o blanco pálido, tienen a veces forma de arcos o bandas, o aparecen como inmensas cortinas resplandecientes a caballo de una brisa suave. El oxígeno de la atmósfera produce el color verde de la aurora. Las auroras se pueden ver también en otros planetas, pero el verde es exclusivo de nuestro planeta Tierra.

Luli vivió en uno de los glaciares de Groenlandia durante miles de años. **Groenlandia** se halla cerca del Polo Norte y es la isla más grande del mundo. Localiza en un mapamundi o en un globo terráqueo los polos Norte y Sur; así podrás seguir el viaje de Luli.

LAS REGIONES POLARES

Las dos **regiones polares** del norte y del sur tienen el **clima más frío** de la Tierra. La causa principal es que la Tierra está modelada como una pelota. En el ecuador, en medio de la pelota, el sol brilla directamente sobre la Tierra. En las regiones polares, en la parte de arriba y en la de abajo de la pelota, el sol nunca es directo y sus rayos sólo pasan rozando alguna vez la superficie. Otra razón para el frío es la inclinación de los ejes de la Tierra ya que, cuando ésta hace su órbita alrededor del sol, el Polo Norte queda en la sombra y se encuentra en total oscuridad de setiembre a marzo, mientras que en el Polo Sur siempre es de día. De marzo a setiembre, el efecto es a la inversa.

El **Ártico** o Ártida está en el norte. Es un océano poco profundo con permanentes hielos flotantes en el medio. No existe tierra debajo de estos hielos y el Polo Norte se halla cerca de su centro. En invierno el hielo se extiende y llega a ser más grande que Canadá. Rodeando el océano Ártico están: el norte de América, Groenlandia, el norte de Europa y el norte de Asia.

El **Antártico** o Antártida está en el sur. Es una masa de tierra de unas dos veces la medida de Australia. Mientras que el Ártico es un océano helado rodeado de tierra, el Antártico es una mole de tierra permanentemente cubierta por una capa de hielo y rodeada por los océanos. En invierno, el mar helado se extiende cientos de quilómetros por los océanos del sur y entonces la Antártida parece que mida el doble.

En verano, cuando se rompe el hielo, el océano sur (o sea, el conjunto de océanos que bañan la Antártida) ofrece la vida más rica que cualquier otro océano del mundo. Como todas las plantas, las algas, fundamento de la cadena alimentaria, necesitan dióxido de carbono, luz y nutrientes minerales para su desarrollo, y las aguas alrededor de la Antártida los poseen en abundancia. Estas algas forman el plancton y, durante el verano, las aguas se ven verdes por su causa. Diminutos peces y camarones se alimentan de estas algas, los cuales a su vez son comidos por peces más grandes y calamares, y también por otros animales como focas, pingüinos, pájaros marinos y ballenas.

EL HIELO

Hablemos ahora del **hielo**. Todo el mundo sabe que el hielo es agua helada. Pero un **glaciar** es nieve comprimida. Al caer nieve sobre nieve, aplasta la nieve esponjosa de debajo contra la compacta de más abajo. Esto continúa hasta que, por la presión de su propio peso, la nieve se convierte en hielo. Este proceso ha ido sucediendo en la Antártida durante casi 30 millones de años. Cuando llega el deshielo, se convierte en agua fresca, no en agua salada del mar. Gracias a que los icebergs son glaciares desprendidos, Luli pudo proporcionar agua fresca para beber a Marina.

Existen tres tipos básicos de glaciares. El primer tipo consiste en una **extensión helada**. Sólo hay dos extensiones heladas en el mundo, Groenlandia y la Antártida. Una extensión de hielo es una vasta y majestuosa masa de hielo tan gruesa que no permite ver el aspecto de la tierra que tiene debajo. Algunas partes de la extensión de hielo de la Antártida ¡tienen más de 4.000 metros de espesor! El segundo tipo es un **casquete de hielo**, que acostumbra a ser una masa de hielo que cubre una montaña y que permite ver su contorno. El tercero es un **iceberg**, una masa de hielo que se ha desprendido de otra mucho mayor como una extensión de hielo o un glaciar. Al hecho de separarse un iceberg se le llama desprendimiento.

Puesto que Luli es un iceberg (el nombre de Luli viene de la palabra groenlandesa que significa iceberg: *iluliaq*), vamos a hablar un poco más de ellos. Cuando un iceberg se desprende, primero suena como cubitos de hielo rajándose y luego llega un retumbar sordo y prolongado, un rugido como de trueno. Cuando se estrella contra el océano, sepulta con él un montón de aire y la superficie del agua queda hundida en forma de tazón. Al emerger el iceberg, el aire sepultado vuelve a la superficie en forma de pequeños géiseres que producen una especie de silbidos. A todo el conjunto de estos sonidos se le llama **música de hielo**.

Cuando los icebergs se mueven emiten chasquidos y crujidos. Son los sonidos de las burbujas de aire comprimidas que han estado encerradas miles y miles de años y que vuelven a la atmósfera al deshacerse el hielo.

El viento, las olas y las corrientes marinas desgastan los icebergs y les dan formas fascinantes y hermosas. A veces parecen castillos o catedrales, otras veces arcos, puentes e, incluso, animales. Los icebergs con mucho aire en su interior sobresalen más y son más blancos. Los icebergs más viejos con más aire comprimido son más azulados. Encima del agua sólo aparece la «punta del iceberg», y hasta 4/5 partes quedan sumergidas bajo el agua. Por esta razón los barcos tienen que ser cautelosos. Hay icebergs tan grandes como pequeños países; muchos miden como un campo de fútbol y otros son tan altos como monumentos famosos.

Algunos icebergs viajan enormes distancias. Se han visto icebergs bajar por las costas de Canadá, cruzar luego las islas Azores y llegar hasta África del norte. Se tiene noticia de un iceberg que llegó a las Bermudas desde el Ártico, ¡y de otro que casi llegó a Río de Janeiro desde la Antártida!

Mientras que los glaciares son agua fresca, el **hielo del mar** es agua de mar helada. Las **masas de hielo flotante** que vio primero Luli cuando llegó a la Antártida eran hielo del mar.

Finalmente, una última palabra sobre el hielo. En Groenlandia y en el Ártico canadiense se suele decir que el hielo contiene toda la tradición del pueblo, porque estaba allí antes que ellos y sigue con ellos a través de su historia. A todos les enseñan a respetar el hielo y a aprender de él.

Hoy día, los científicos estudian la historia que contienen las extensiones heladas. Hombres de ciencia de muy diversos países dirigen investigaciones en las regiones polares. Una muestra es el estudio de los **testigos del hielo**. Agujereando las láminas de hielo con un taladro con forma de tubo, se extraen piezas de hielo largas y delgadas. Estos testigos del hielo son fragmentos de la historia de la Tierra, pues fueron hechos por la nieve caída durante miles, tal vez millones de años atrás. Cuando los científicos estudian sus hallazgos tales como minúsculas burbujas de gas, o bien partículas de polvo y polen o fragmentos de insectos de las esencias del hielo, pueden aprender de los cambios de la atmósfera terrestre, del clima y de la vida animal, y cómo proteger nuestro mundo en el futuro.

LOS AMIGOS DE LULI DE TIERRA, MAR Y AIRE

Veamos ahora con detalle algunos de los amigos de Luli. Para entender con más facilidad dónde viven sus amigos, los hemos dividido en tres grupos: en el primero hay los que viven todo el año en el Ártico, en el segundo los que viven todo el año en la Antártida, y en el tercero los que en invierno, o actualmente, viven entre ambas regiones. Puesto que Kiki, el charrán ártico (el amigo especial de Luli), vive en las tres áreas, empezaremos este apartado con el charrán ártico.

El charrán ártico

Los charranes árticos son unos pájaros sorprendentes. Se crían en el hemisferio norte y en las regiones polares, y luego vuelan hacia el sur para pasar el invierno en la Antártida. Muchos de ellos siguen la misma ruta que Luli. ¡En su vuelo itinerante recorren casi la misma distancia que la longitud de la circunferencia de la Tierra!

Todos los charranes poseen como distintivo alas largas y estrechas, picos puntiagudos y, normalmente, colas en forma de horquilla. Comparados con otros charranes, los del Ártico tienen patas cortas y alas muy largas. Son excelentes voladores y están preparados para hacer frente a fuertes vientos. El nombre de Kiki viene de la llamada del charrán, que es alta y clara y suena como «ki-ki».

Como en otros muchos pájaros, el plumaje de verano del charrán es más vistoso porque es cuando se aparea. Los característicos bonete negro y patas y pico de color rojo coral son propios del verano. En invierno, el bonete negro se convierte en una fina banda y el pico y las patas se vuelven de un tono rojizo oscuro. Se parecen un poco al Llanero Solitario. Luli, que sólo conoce a Kiki con su plumaje de verano, queda un tanto sorprendido al ver que aparece diferente en la Antártida.

LOS AMIGOS DE LULI EN EL ÁRTICO

Las ballenas árticas

De todas las ballenas y delfines del mundo, las **ballenas árticas** son las únicas que pasan toda su vida entre los hielos.

Las **ballenas de Groenlandia** son las más grandes de las tres especies árticas. Pueden llegar a medir 18 metros de longitud y pesar hasta 100 toneladas. La cabeza es la tercera parte del cuerpo y la boca posee 600 láminas o apéndices córneos, llamados barbas, que cuelgan de la mandíbula superior como una persiana. Las ballenas de Groenlandia no tienen dientes, sino que usan las barbas para filtrar el krill (minúsculos camarones y plancton), que constituye su dieta principal. Otras nueve especies de ballena poseen barbas, pero ninguna las tiene tan largas y espesas como las de Groenlandia.

Los **narvales** son extrañas criaturas con un diente izquierdo superior desarrollado que tiene la forma de un colmillo en espiral de hasta 3 metros. Dicho colmillo atraviesa el labio superior, siempre en espiral y en el sentido de las agujas del reloj. Los narvales miden unos 4,5 metros de longitud; habitualmente las hembras no tienen colmillo. Se cree que el narval dio pie al mito del unicornio.

Las **belugas** son ballenas blancas. Su parloteo y canto les dio el nombre de «canarios marinos». Estas ballenas tienen dientes, pero se tragan los peces enteros, los calamares y cualquier otra comida que capturan chupándola. Sin embargo, antes de tragar su alimento, exprimen el agua del mar que pueda contener con la lengua. Las belugas son muy sociables y les encanta jugar y parlotear.

El oso polar

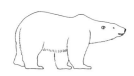

De las ocho especies de osos del mundo, los polares y los pardos o *grizzly* son los más grandes. Las dos especies se comportan de modos distintos y tiene aspectos diferentes, pero están estrechamente emparentadas. De hecho, los osos polares evolucionaron de los pardos en la última era glacial.

Los osos polares son depredadores carnívoros, muy bien adaptados a su medio de vida en el Ártico. Tienen asegurado su aislamiento del frío mediante un abrigo doble de pelo: la capa exterior está formada por una protección de pelo hueco y la capa interior está constituida por un grueso pelaje corto. El aislamiento se consigue también gracias a su piel negra, que absorbe el calor, y por una espesa capa de grasa que impide que el calor escape de su cuerpo. Las plantas de sus patas están bien cubiertas de pelo para prevenir la congelación y poseen, además, miles de bultitos para evitar resbalar o patinar en el hielo. Sus patas están parcialmente palmeadas; gracias a ello, los osos polares son unos soberbios nadadores y buceadores.

Las morsas

Posiblemente, las focas que más destacan de los tres tipos que aparecen en *Luli, el iceberg*, son las morsas. Sus rasgos más característicos son los enormes colmillos de hasta un metro de longitud y el ancho mostacho de unos 500 pelos bastos aunque sensitivos. Otra característica es su piel extremadamente gruesa, que cae en pliegues y arrugas.

LOS AMIGOS DE LULI EN LA ANTÁRTIDA

Los pingüinos

Todos los pingüinos viven en el hemisferio sur (excepto los que habitan en las islas Galápagos). Los pingüinos tienen el cuerpo adaptado al frío. Sus plumas superpuestas e impermeables son pequeñas y duras y cubren cada milímetro cuadrado de su cuerpo. La base de cada pluma tiene pelusa y retiene el aire caliente del cuerpo como si fuese ropa interior térmica. Si los pingüinos tienen calor, mullen sus plumas y extienden sus aletas para dejar salir el aire caliente retenido. Cuando los ves sobre sus estómagos con los pies extendidos hacia atrás, es que están dejando salir el calor por las plantas de los pies.

Los pingüinos se han adaptado a la vida acuática gracias a sus cuerpos compactos y de perfil aerodinámico. Vuelan virtualmente bajo el agua utilizando sus aletas fuertes y rápidas como remos para propulsarse mar adentro.

El pingüino más grande, el **emperador**, mide 115 cm de

altura y pesa unos 40 kg. Los emperadores forman colonias de muchos miles de individuos. Ningún pájaro se halla tan bien adaptado al cruel frío. Cada estación, el pingüino emperador macho coloca el huevo recién puesto sobre sus pies y lo guarda en su saquito de empollar para mantenerlo caliente mientras la hembra se va al mar a buscar comida. Cuando vuelve la hembra dos meses después, el polluelo ya ha salido del cascarón y está preparado para encontrarse con su madre.

Las focas de Weddell

Las focas de Weddell tienen la cabeza pequeña y son grandes y pesadas. Aunque parece que sonríen, están armadas de espléndidos y fuertes dientes que emplean para abrir agujeros en el hielo para respirar durante el invierno. Sus cuerpos están especialmente adaptados para inmersiones profundas. Las focas vacían sus pulmones de aire para no flotar y almacenan el oxígeno que necesitan en su sangre y en sus músculos. A menudo se sumergen a profundidades de 300 a 400 metros. También hacen inmersiones poco profundas, en las cuales permanecen sumergidas unos 70 minutos.

LOS AMIGOS DE LULI DE AMBAS REGIONES

La ballena jorobada

Las jorobadas son grandes ballenas con barbas, de unos 15 metros de longitud y unas 41 toneladas de peso. Son muy activas y acrobáticas, saltan muy a menudo (saliendo fuera del agua) o yacen de costado golpeando la superfície del agua con su cola o bien con sus grandes aletas, que parecen alas. Su nombre proviene del modo en que «joroban» su dorso cuando saltan.

Las amigas de Luli, las jorobadas del norte, no pasan el ecuador con ella. Las ballenas del norte y del sur son de la misma especie, pero de grupos separados. Pasan sus veranos respectivamente en el Ártico o en la Antártida porque entonces los mares las proveen de comida abundante. Pero habitualmente no cruzan el ecuador, ni se encuentran.

¿Cómo pueden los científicos diferenciar una ballena jorobada de otra? Las jorobadas, antes de hacer una inmersión profunda, levantan la cola, y cada cola tiene una marca blanca y negra única para cada ballena; es como las huellas dactilares de las personas.

Muchos animales «cantan», pero la canción del macho de las jorobadas se considera la más larga y compleja de todas.

Los delfines

Los delfines que ve Luli cuando deja el Ártico son los **delfines de flancos blancos**. Son nadadores rápidos y muy acrobáticos. Viven solamente en las aguas más frías del norte del Atlántico.

Los delfines que ayudan a Luli a cruzar de las costas de Norteamérica a la península Ibérica son los **delfines comunes**. Se les puede encontrar en casi todas las temperaturas de la Tierra y en los mares tropicales y suelen viajar en grupos de varios cientos, incluso de varios miles. Miden de promedio 2 metros de largo, tienen una marca distintiva en forma de reloj de arena y un hocico bien definido.

La mayoría de delfines son muy activos y vocingleros. Juegan con las olas que crean las ballenas y, a menudo, siguen a los barcos y juegan con su estela.

La orca

Las orcas son ballenas dentadas a las que también se llama ballenas asesinas. Comen casi todas las criaturas marinas, de delfines a arenques. Aparte del color negro lustroso con manchas blancas, la característica más notable de las orcas es la alta aleta dorsal de los machos, de 1,5 metros.

Las orcas viven en grupos familiares, llamados manadas, de 25 o 30 individuos unidos por un fuerte vínculo social. Cada manada tiene su propio «dialecto» en los sonidos y llamadas que emplea. Cazan juntas en manada y comparten la comida, tal y como hacen en tierra los leones o los lobos. Como promedio, las orcas macho viven unos 30 años, y 50 las hembras.

El frailecillo del Atlántico

Los frailecillos del Atlántico pertenecen a la familia de los alcas (relacionados con los pingüinos). Son populares por sus caras de payaso y su curioso andar de pato. Su característica más distinguida es su pico triangular grande y plano, de un brillante tono rojo. En invierno tienen el pico más pequeño y menos colorado. Son pájaros rechonchos que parecen gordos incluso cuando vuelan. Se crían en agujeros entre la hierba o entre las rocas de las islas.

La cigüeña blanca

Hace cientos de años que las cigüeñas blancas viven cerca de la gente y utilizan chimeneas, tejados de torres y almiares para hacer sus nidos cuando vuelven en primavera de sus tierras invernales. Debe de ser la asociación de las chimeneas con la primavera lo que ha creado la leyenda de que traen los bebés. Las cigüeñas vuelan solamente por la mañana y a primera hora de la tarde.

La tortuga laúd

Las tortugas laúd son las más grandes de las ocho especies marinas que existen en el mundo. Pesan una media de 360 kg y miden unos 160 cm de longitud. Las tortugas marinas llevan en nuestro planeta más de 150 millones de años (¡el hombre sólo 6 millones!). Todas las tortugas de mar viven en el agua salada y la beben, eliminando el exceso de sal por sus conductos lacrimales. No tienen dientes, pero sí poderosas mandíbulas y, a pesar de ver bien bajo el agua y poder distinguir colores, en tierra tienen una visión pobre.

Las tortugas laúd hembra ponen sus huevos en un nido muy profundo que cavan en playas arenosas. Pierden mucho tiempo y esfuerzo, mucho más que otras especies, en disimular el lugar exacto donde han desovado. Ocultar el nido les cuesta a veces más de media hora. ¡Un trabajo agotador para unas criaturas tan pesadas!

Las tortugas laúd son las que se sumergen más hondo y las que viajan más lejos de todas las tortugas marinas. Hacen inmersiones hasta profundidades de 1.000 metros y pueden permanecer activas y sumergidas algo más de 25 minutos. Se sabe también que frecuentan aguas frías. Marina tuvo suerte de que fuese una laúd la que la llevase hasta Luli. ¡Otras tortugas hubiesen podido encontrar el agua demasiado fría!

El ibis rojo

El ibis rojo es un pájaro de color escarlata espectacular que vive en las marismas y en los pantanos de los manglares de América del Sur. Cuando están en sus nidos, los árboles parecen haber florecido con un brillante color rojo.

Sorprendentemente, los polluelos del ibis rojo son negros. Hasta que empieza su tercer año no están en condiciones de reproducirse; es entonces cuando aparece su plumaje rojo, quedando sólo negras las puntas de sus alas. Las patas son del todo rojas, incluso el pico es de color rojo.

La gran barracuda

Las barracudas tienen el cuerpo delgado y alargado, de color metálico, y poseen grandes dientes. Cuando son jóvenes van a menudo juntas en grandes bancos, y son muy curiosas respecto a cualquier cosa nueva como buceadores, botes y, posiblemente, ¡icebergs! Son muy veloces y pueden alcanzar los 50 km por hora, de tal modo que, en su avance, crean ante ellas una pequeña ola. Son muy útiles para empujar a Luli.

El tucán toco y el guacamayo azul y amarillo

La selva tropical alberga gran número de criaturas espectaculares.

Existen 42 especies de tucanes en América Central y del Sur; los **tucanes toco** son unos de los mayores. Sus picos grandes y brillantemente coloreados son casi tan largos como su cuerpo, pero muy ligeros. Principalmente comen fruta.

Los **guacamayos** pertenecen a la familia de los loros (existen 332 especies). Su pico ganchudo es muy fuerte y está adaptado para romper nueces duras, cortar a pedazos la fruta y triturar semillas. Sus patas son gruesas y fuertes, con dos sólidas garras hacia el frente y otras dos hacia atrás. Los loros son muy parlanchines, con un sonido estridente.

EL VIAJE DE LULI

Comprueba en un mapamundi qué vientos y qué corrientes ayudaron a Luli a llegar a la Antártida.

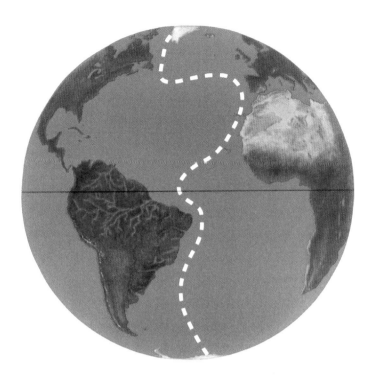

Mira si puedes encontrar en cada página a los amigos de Luli

Págs. 2-3: *Escondido:* charrán ártico

Págs. 4-5: Charrán ártico, beluga, ballena de Groenlandia, narval, orca, oso polar, foca ocelada, morsa. *Escondidos:* zorro ártico, liebre ártica, lobo ártico, caribú, ballena jorobada, buey almizclado, lechuza de las nieves

Págs. 6-7: Delfín de flancos blancos, beluga, ballena de Groenlandia, ballena jorobada, somormujo común, gerifalte, alca de pico grueso, narval, orca, oso polar, foca ocelada, morsa, águila de cola blanca. *Escondidos:* zorro ártico, liebre ártica, lobo ártico, caribú, buey almizclado

Págs. 8-9: Delfín común, frailecillo del Atlántico

Págs. 10-11: Cigüeña blanca

Págs. 14-15: Tortuga laúd

Págs. 16-17: Tortuga laúd, ibis rojo

Págs. 18-19: *Escondidos:* charrán ártico, beluga, ballena de Groenlandia, delfín común, gerifalte, narval, oso polar

Págs. 20-21: Gran barracuda, ballena jorobada

Págs. 22-23: Cacique amazónico de obispillo amarillo, mariposa Amydon, rana arborícola verde, guacamayo azul y amarillo, lagarto verde, iguana verde, mariposa Narciso, guacamayo escarlata, mono ardilla, tucán toco

Págs. 24-25: Charrán ártico, ballena jorobada

Págs. 26-27: Cóndor andino

Págs. 28-29: Pingüino emperador

Págs. 30-31: Charrán ártico, pingüino emperador, petrel antártico, albatros viajero, foca de Weddell. *Escondido:* pingüino emperador

Págs. 32-33: Charrán ártico

Págs. 34-35: Charrán ártico, pingüino emperador

Cubierta: Charrán ártico, ballena jorobada, pingüino emperador

Portada: Charrán ártico, ballena de Groenlandia

Cubierta trasera: Charrán ártico